LE TRIOMPHE

DE L'AMOVR.

PASTORALE,

DEDIE'E AV ROY.

Et mife en Mufique par le fieur DE LA GuERRE,
reprefentée devant leurs Majeftez
le 26. Mars 1657.

A

ARGVMENT.

CLimene méprise Lysis, qui l'aime. Philandre méprise
Climene, qui l'aime. Cloris aime Lysis, Lysis la méprise.
Philandre aime Cloris, Cloris méprise Philandre. Climene & Cloris protestent de ne plus aimer Lysis ny Philandre. Lysis & Philandre protestent aussi de ne plus aimer
Climene & Cloris. Lisis, Philandre, Climene & Cloris
concluënt separément, & tous ensemble avec Tirsis & Philis, de garder leur liberté, & de renoncer à l'Amour. Cupidon descend du Ciel dans une machine, avec son Arc & ses
Fleches, & en colere se promet, nonobstant la resolution
des Bergers & Bergeres, de les ranger sous ses Loix : Et aprés
leur avoir décoché un coup de ses Fleches, ils se sentent de
nouveau engagez sous l'Empire d'Amour. Lysis continuë
ses poursuites amoureuses envers Climene. Climene, au lieu
de les mépriser comme auparavant, les reçoit, & luy témoi-
gne de l'affection. Cloris fait le semblable à Philandre. Et
aprés concluënt en particulier, & tous ensemble, de demeurer
à jamais sous l'Empire de l'Amour. Remerciement des Bergers & Bergeres au ROY, qui finit la Piece.

ACTEURS.

CUPIDON.
LYSIS.
PHILANDRE. } Ber-
TIRSIS. } gers.

CLIMENE.
CLORIS. } Ber-
PHILIS. } geres.

CVPIDON fait l'ouverture du Theatre.

Le Triomphe de l'Amour.

PASTORALE.

CUPIDON.

MOY, *qui sans yeux charme les yeux*
Des plus puissans Rois de la Terre,
Moy, qui suis le plus grand des Dieux,
Qui fait cheoir Trident & Tonnerre;
Que ne pouray-je pas sur les esprits legers
Des Bergeres & des Bergers?

Moy, qui des plus chastes humains
Soûmets les ames plus altieres,
Et qui tient dans mes fortes mains
Mille Fleches de deux matieres;
Que ne pouray-je pas sur les esprits legers
Des Bergeres & des Bergers?

D'or & de plomb mes dards sont faits;
Par le plomb, je cause la haine:
L'or fait de contraires effets,
Je mets tous les cœurs à la gesne;
Ces armes vont agir sur les esprits legers
Des Bergeres & des Bergers.

Climene doit haïr Lysis,
Et Lysis doit aimer Climene :
Luy pour Cloris a de la haine ;
Philandre fuit Climene, & Climene le suit ;
Il suit Cloris, Cloris le fuit.

Mais, de ce choc si rigoureux,
Je veux faire naistre des flames
Qui les rendront tous amoureux,
Et qui réüniront leurs ames ;
Moy, qui devant le temps ay calmé le cahos,
Puis-je pas les mettre en repos ?

AU ROY.

Mais je viens ceder à vos Loix,
GRAND ROY, sous qui chacun respire ;
Qui sçavez mieux que tous les Rois
Mettre la paix dans un Empire :
Vous avez mieux que moy, fait calmer le cahos,
Et mis tout le monde en repos.

Des rudes mains de la Fureur
Vous avez fait tomber les armes ;
Vostre front, exempt de terreur,
N'a rien employé que ses charmes :
Vous avez, mieux que moy, fait calmer le cahos,
Et mis tout le monde en repos.

Je

Je n'ay sceu, par aucuns appas
Vous inspirer la moindre flâme ;
Si la Paix regne en vos Estats,
Elle regne aussi dans vostre Ame :
Moy , qui de tous les cœurs suis le puissant
    vainqueur,
Je n'ay pû toucher vostre cœur.

Mais pourtant j'espere qu'un jour
J'adouciray vostre constance,
Que vostre grand cœur à l'amour
Ne fera plus de resistance ;
Et que d'une Beauté qui charmera vos yeux ,
Vous nous ferez naistre des Dieux.

CLIMENE & LYSIS.

Climene.

HE' quoy, Lysis , ne veux-tu pas
    Cesser de me poursuivre ?

Lysis.

Il faut , pour quitter tes appas,
    Que je cesse de vivre.

Climene.

Tu me flates en vain, de grace laisse-moy.

Lysis.

O Dieux ! puis-je obeïr à cette dure loy ?

B

Climene.

Aprés tant de froideurs, aprés tant de refus,
LyZis, à mon amour en vain tu dois pretendre,
Je te chaſſe en trois mots, mon cœur eſt à Philandre,
Je ne ſçaurois changer, va-t'en, n'eſpere plus.

Lyſis.

Son cœur eſt à Philandre, ô dangereux Rival !
De mon plus grand bonheur tu m'oſtes l'eſperance,
Tu fais perir le fruit de ma perſeverance,
Tu ravis tout le bien, & me laiſſe le mal.

CLIMENE & PHILANDRE.

Climene.

JE ne ſçaurois plus te celer
        Mon amoureux martyre.

Philandre.

Tu le devrois diſſimuler,
        Et ſouffrir ſans le dire.

Climene.

Ingrat, és-tu fâché ſi je t'ouvre mon cœur ?

Philandre.

Non, maisje ne puis pas ſoulager ta langueur.

Climene.

Le malheureux Lyſis tous les jours ſuit mes pas,
Et ne ſçauroit jamais rien avoir de Climene,

J'éprouve en mesme temps son amour & ta haine,
Il me donne la mort, tu causes mon trépas.

Philandre.

Aprés avoir cent fois enduré le mépris,
Tu devrois apporter du remede à ta peine,
Climene fuit Lysis, & Lysis fuit Climene,
Moy je laisse Climene, & je cherche Cloris.

CLORIS & PHILANDRE.

CLORIS.

IE suis lasse de tes soupirs,
Ta passion m'offense.

Philandre.

Dois-tu condamner mes desirs,
Blasmes-tu ma constance?

Cloris.

Ay-je sujet d'aimer ton importunité?

Philandre.

Cruelle, tu fais tort à ma fidelité.

Cloris.

Philandre pour t'aimer, en vain tu me choisis,
De tes soins importuns je me sçay bien defendre,
Philandre fuit Climene, & je laisse Philandre,
Tasche de te guerir, mon cœur est à Lysis.

Philandre.

Son cœur est à Lysis, que je suis malheureux!
Tu fuis Cloris, Philandre, & tu laisse Climene,

A qui te veux du bien, tu portes de la haine ;
Et qui te veut du mal, rend ton cœur amoureux.

CLORIS & LYSIS.

Cloris.

N'*Est-ce pas assez que mes yeux*
    Te découvrent ma flâme ?

Lysis.

Tes paroles m'apprendront mieux,
Les ardeurs de ton ame.

Cloris.

Je t'adore, Lysis, tu fais naistre mes feux.

Lysis.

Cherche un autre Berger, à qui donner tes vœux.

Cloris.

Que je cherche un Berger à qui donner mes vœux ;
Aprés t'avoir suivy, Lysis, je n'en puis prendre ;
Afin de te cherir, j'ay méprisé Philandre
Je brusle de ta flâme, il brusle de mes feux.

Lysis.

Que l'Amour fait icy de contraires effets,
Si l'on ne t'aime pas, Lysis en est de mesme,
Climene fuit Lysis, & cependant il l'aime,
Allons prier l'Amour qu'il nous donne la paix.

CLIMENE

CLIMENE & CLORIS ensemble.

PUisque ces deux Bergers negligent noſtre
amour,
Et qu'ils traitent nos feux avec tant d'inſolence,
Mépriſons-les à noſtre tour,
Et n'ayons plus pour eux que de l'indiference.

PHILANDRE & LYSIS ensemble.

Aprés tant de dédains & de refus ſoufferts,
Jurons de n'aimer plus ces Bergeres hautaines,
Ne languiſſons plus dans nos fers,
Delivrons nos eſprits de leurs cruelles peines.

CLIMENE, CLORIS, PHILIS, Philandre, Lyſis & Tirſis ensemble.

NE nous engageons plus, gardons nos libertés,
Et paſſons, ſans aimer, le reſte de nos vies,
L'Amour nous a trop mal-traitez,
Il ne doit plus tenir nos ames aſſervies:

CUPIDON.

QUoy, ces foibles Bergers, au mépris de mes
Loix,
Se ſeront aujourd'huy détachez de mes chaines,

C

Pourray-je le souffrir, moy qui dompte les Rois,
Et qui suis reveré des grandeurs Souveraines?
Qu'on ne m'estime plus une Divinité,
Si je ne les remets dans la captivité.

CLIMENE, LYSIS, PHILANDRE, CLORIS,
TIRSIS, & PHILIS, ensemble.

A Mour; ton trait nous a blessez,
Et r'allumé tes feux malgré nous en nos ames,
    Nos esprits estoient insensez,
De vouloir s'exempter du pouvoir de tes flâmes.

LYSIS & CLIMENE.
Lysis.
NE serez-vous jamais pitoyable à ma peine?
Dequoy m'accusez-vous, adorable Climene?
Pour aimer vos beaux yeux, dois-je perdre le jour?
Climene.
Non, non, mon cher Lysis, cessez vos justes plaintes,
N'ayez plus de soupçós, perdés toutes vos craintes,
J'approuve vos desirs, & cheris vostre amour.
Lysis.
Puis-je, sans estre vain, esperer tant de gloire?
Climene.
Il est ainsi, Lysis, & vous le devez croire.

PHILANDRE & CLORIS.

Philandre.

ET toy, belle Cloris, Princeſſe de mon ame ,
Quand veux-tu ſoulager les ardeurs de ma flâme,
   Mouray-je dans mes feux?
       Cloris.

Philandre, je ſerois extremément rebelle,
Si je ne me rendois à ton amour fidelle ,
   Et n'approuvois tes vœux.
       Philandre.

Tu m'aimes donc Cloris, le puis-je bien pretendre?
       Cloris.

Oüy je t'aime en effet, n'en doute point Philandre.

LYSIS, PHILANDRE, TIRSIS, CLIMENE, CLORIS & PHILIS enſemble.

BEniſſons cét heureux jour
  Que les doux traits de l'amour.
Ont engagé nos cœurs ſous de ſi belles chaines:
   Oublions tous nos tourmens,
   Ne penſons plus à nos peines,
Et changeons nos ennuis en des contentemens.

Les Bergers & Bergeres
AU ROY.

GRAND ROY, *nos vœux seront contens,*
Lorsque l'Amour, vainqueur des ames,
Nous fera venir le Printemps,
Et luire de naissantes flâmes;
Alors vostre bonté sauvera des dangers
Les Bergeres & les Bergers.

Nos prez, de fleurs seront couverts,
De nos ruisseaux les claires ondes,
Roulans proche les saules verts,
Rendront nos campagnes fecondes,
Et l'on oyra chanter à l'abry des dangers
Les Bergeres & les Bergers.

On entendra par nos propos,
Qui beniront ce doux Empire,
Un Dieu nous a mis en repos,
Depuis que d'amour il soûpire;
Et son heureux Hymen sauvera des dangers
Les Bergeres & les Bergers.

F I N.

OEVVRES EN VERS

DE DIVERS AVTEVRS,

*Mis en Muſique par Michel de la Guerre,
Organiſte du Roy en ſa Sainte Chapelle
du Palais de Paris, & Receveur
general du Temporel de ladite Sainte
Chapelle.*

DEDIEZ A SA MAIESTE'.

D

AU ROY.

SIRE,

Il y a quelques années qu'ayant eu l'honneur de faire représenter devant VOSTRE MAIESTE' une Comedie Françoise en Musique, intitulée Le Triomphe de l'Amour, *Elle témoigna de ne pas desagréer tout à fait la nouveauté de cette Piece, dont j'avois inventé la maniere, & qui est en effet le premier Ouvrage de cette sorte qui ait jamais paru en ce Royaume. C'est ce qui me fait prendre la hardiesse de me presenter encore à V. M. pour la supplier tres-humblement de trouver bon le dessein que j'ay de luy faire entendre un petit Concert*

que j'ay composé depuis quelques jours, & que
je me suis efforcé de rendre agreable par une
maniere de Dialogue, dont je puis dire que
personne avant moy ne s'est encore avisé. J'in-
troduis dans ce Dialogue la France & l'Espagne qui chantent ensemble : Mais ce qui est de
particulier, c'est que je les fais chanter chacu-
ne en leur langue. Le sujet est pris de la re-
joüiffance de ces deux Nations sur l'heureux
achevement de la Paix, & sur la Naissance
glorieuse de ce Prince, dont le Ciel vient de faire
present à la Terre. Ainsi, quand ce Concert n'au-
roit rien de fort beau, d'ailleurs j'ose esperer
qu'il plaira toûjours par le chois de sa matiere,
& par la nouveauté de son invention. A dire
le vray, SIRE, je ne présume pas assez de mes
forces pour croire qu'un genie aussi foible que le
mien ait pû rien produire qui soit digne de V. M.
ny qu'un Concert de quatre voix & d'autant
d'instrumens puisse estre mis en parallele avec
ces Pieces inimitables que les Maistres de la
Chambre & de la Chapelle font paroistre tous
les jours : mais certes ie m'imagine qu'ils ne
desaprouveront

deſaprouveront pas eux-meſmes l'intention que i'ay de les ſeconder dans le deſſein qu'ils ont de contribuer aux divertiſſemens du plus grand Monarque de la Terre. C'eſt ſur cette confiance, SIRE, que i'oſe m'approcher de V. M. i'eſpere qu'elle ne deſagréera pas mon zele, ny la profonde veneration avec laquelle ie ſuis,

DE VOSTRE MAIESTE',

Le tres-humble, tres-obeïſſant, & tres fidel ſujet,
DE LA GVERRE.

E

DIALOGO DELA FRANCIA

e dela España, con el Nacimiento del serenißimo Principe Delfin.

La Francia.

GUsto las dulçuras, dela tranquilidad dela Paz, Principio de gozo, remate de guerra.

La España.

Marte a cuyas leyes me vi tributario, Oy sugeto a Minerva a Sagitario.

La Francia.

Dicha es, que triumpha del amor de mi Rey.

La España.

Aquel de Princesa Phenix sin segundo, Ha doblado ya el gusto a todo el mundo.

La Francia.

Solo el resplandor de sus ojos podian dar Luz a mi Monarca.

La España.

Su coraçon vnido a la Flor de Lys, Solo pudò poseerlo el Monarca LUIS.

La Francia y la España.

Vaya pues de fertejo, vaya de gozo, Todo es a nuestra Reyna, hijo y Esposo.

La España y la Francia juntos.

Cantese pues, cantemos del Hymeneo el gusto, A el que Dio a dos coronas, vn nuevo Augusto.

DIALOGUE SUR L'ALLIANCE DE
la France & de l'Espagne , & sur la Naissance
de Monseigneur le Dauphin.

La France.

JE goûte les plaisirs d'une charmante Paix
    Aprés mille conquestes.

L'Espagne.

Mars qui ne me quittoit jamais,
Par un destin plus doux voit calmer ses tempestes.

La France.

Je tiens ce sort heureux de l'amour de mon Roy.

L'Espagne.

Celuy de ma Princesse a fait autant pour moy.

La France.

Il falloit ses beaux pour charmer mon Monarque.

L'Espagne.

Tout autre que LOUIS n'eust pû gagner son cœur.

La France & l'Espagne.

Donnons de nostre joye une éclatante marque.

L'Espagne & la France.

Chantons , chantons l'Hymen qui fait nostre bonheur.

La Francia.

Deſtos vnidos coraçones vn Principe ſale
Eſpejo de la virtud gloria de los Monarcas.

La Eſpaña.

Francia es gloria en fin deſtos tropheos,
Pues todo va poſtrado a ſus deſteos.

La Francia.

Quien podra parar delante del?
Quien podra reſeſtir a ſus golpes?

La Eſpaña.

Si eres cauſa ala paz fin a la guerra,
No es mucho ſer Senora de mar y tierra.

La Francia.

Los mas belicoſos guerreros temblaran,
Sugetos a ſus vitorias.

La Eſpaña.

Quien defiende Catholicas las leyes
Solo puede ſer ſangre deſtos Reyes.

La Francia.

Triumphe pues apeſar de la parca,adunde ſu braço
Sugetarà quanto el mundo abarca.

La Eſpaña y la Francia.

Eſta prenda de amor
Es tan glorioſa
Que es retrato de LUIS,
Y de ſu eſpoſa.

La France.

De ces grands Cœurs unis sort un Prince adorable.

L'Espagne.

France, quel est ton sort ! tout rit à tes souhaits.

La France.

Qui pourra resister à son bras redoutable ?

L'Espagne.

C'est le sacré lien d'une eternelle Paix.
Je le verray vainqueur du reste de la Terre,

La France.

Les plus braves Guerriers trembleront sous ses Loix.

L'Espagne.

Qu'il dompte l'Univers, c'est le sang de mes Rois.

La France.

Qu'il triomphe où son bras lancera le Tonnerre.

La France & l'Espagne ensemble.

Ce gage precieux de leur fidele amour,
 Aussi beau que sa Mere,
Par ses fameux exploits deviendra quelque jour
 Aussi grand que son Pere.

AIR DU MESME AUTEUR.

Sur les promenades de la Reine dans les allées
de Fontaine-Bleau.

JE voy Iris qui se promeine,
Zephyrs cho..jjez dans la pleine

F

Toutes les plus douces odeurs ;
Et quoy que Flore en puisse dire,
Des plus belles fleurs,
Parfumez l'air qu'elle respire.

Et vous venez voir cette belle,
Oiseaux témoignez autour d'elle,
Les transports que cause sa voix ;
Meslez-y donc vostre ramage,
Rossignols doux hostes des bois,
Accourez tous luy rendre hommage.

LE SELLIER.

AIR

Sur l'indifference d'un Amant.

Liberté, mon cœur, liberté,
Je ne veux plus languir pour la belle Sylvie,
Elle est par sa beauté tout le bien de ma vie :
Mais elle en est aussi le mal par sa fierté,
Liberté, liberté, liberté, mon cœur liberté.

L'amour est une servitude,
Son plus beau joug est rigoureux,
Il n'est point de captif heureux,
Ny de paisible inquietude ;

Qu'un Amant fasse l'esprit fort,
Que par tout il vante son sort,

Qu'il baise ses liens, qu'il chante son martyre,
Qu'il dise cent beaux mots pour flater son tourment,
Il se dément quand il soûpire.

Liberté, mon cœur, liberté,
Les chaines les plus éclatantes,
Sont toujours des chaines pesantes,
Elles ne perdent rien du poids par leur beauté:
Liberté, liberté, liberté, mon cœur, liberté.

Liberté, c'est à toy que tous mes vœux j'addresse,
Si tu voulois un Serviteur,
Tu serois la loy de mon cœur,
Je te prendrois pour ma maistresse;
Mais, douce Liberté, chez toy
Il n'est ny serviteur, ny maistresse, ny loy.

Liberté, mon cœur, liberté,
Voilà desormais ma devise,
Voilà le cry de ma franchise;
Echo qu'il soit par vous mille fois repeté,
Liberté, liberté, liberté, mon cœur, liberté.

DE FORCROY.

AUTRE AIR.

Vos beaux yeux me privent du jour,
Aprés ma liberté ravie,
Mais Philis en mourant d'amour,
Approuvez ma derniere envie;
Consentez qu'il me soit permis
Que je baise mes ennemis.

Rare objet de qui les appas,
Ont toûjours flatté ma conſtance,
Pour montrer que de mon trépas,
Je ne veux aucune vengeance ;
Conſentez, &c.

AVTRE AIR.

DEs le moment que je vis cette belle,
Maiſtreſſe de mon cœur & de ma liberté,
Je fus forcé de reconnoiſtre en elle
Les charmes de ſa voix, les traits de ſa beauté ;
  Ravy dans un tranſport extréme,
Mon cœur comme un écho répondit à ſa voix,
   Et luy redit à chaque fois,
   Pour moy je croy que je vous aime.

  Je regardois d'un œil tout plein de flâme,
Cet aimable ſujet ſi digne de mes vœux ;
Mais cependant que je ſentois mon ame
S'engager à l'amour au raport de ſes yeux,
  Mon cœur dans un plaiſir extréme,
Comme un fidele écho répondit à ſa voix,
   Et luy redit à chaque fois,
   Pour moy je croy que je vous aime.

CHEVALIER.